JULES VALLÈS

IL A ÉTÉ TIRÉ

Trente exemplaires numérotés sur papier de Hollande. — Prix. . . . . **4** fr.

Et *vingt-vinq exemplaires numérotés* sur papier de Japon. — Prix . . . . **6** fr.

Coll-Toc

LÉON SÈCHÉ

PORTRAITS A L'ENCRE

JULES VALLÈS

SA VIE ET SON ŒUVRE

DOCUMENTS NOUVEAUX ET INÉDITS

AVEC UN PORTRAIT DESSINÉ A LA PLUME

PARIS

REVUE ILLUSTRÉE DE BRETAGNE ET D'ANJOU

9, BOULEVARD DE PORT-ROYAL, 9

1886

AU LECTEUR

J'ai écrit les trois quarts de cette étude à la suite d'un voyage que je fis à Nantes avec Jules Vallès, au mois d'octobre 1881. J'étais alors correspondant du *Phare de la Loire*. Un matin, je reçus du Puy-en-Velay où il était allé « arracher de l'herbe et de la copie », une lettre de Jacques Vingtras qui me témoignait le désir de revoir avec moi « le théâtre de sa jeunesse » Il y avait près de trente ans qu'il avait quitté Nantes, et il espérait, me disait-il, en rapporter un chapitre émouvant pour son *Insurgé*. »

Nous partîmes donc pour Nantes par une belle soirée d'automne. Pendant deux jours nous visitâmes pas à pas le quartier de Richebourg, le lycée, les ponts, l'hospice Saint-Jacques — toutes les stations douloureuses de sa vie d'écolier, et puis nous remontâmes par bateau la Loire jusqu'à Ancenis — pays natal de Legrand (Poupart-Davyl), de Collinet (le docteur Collineau), de Royannez (Royné)... et le mien aussi.

Ah! le délicieux voyage, et quelles vives impressions j'en ai gardées! Jules Vallès était alors plein de vie et faisait des rêves magnifiques. Il s'est endormi depuis pour l'éternité [1]. Puissent ces pages ne pas trop déplaire à ses mânes! Ce n'est point l'œuvre d'un flatteur — je n'ai jamais su mentir à ceux que j'aime ou que j'admire — c'est l'œuvre impartiale d'un ami sincère qui, ayant vécu sur le tard dans son intimité, n'a eu d'autre ambition que de laisser du puissant réfractaire un portrait qui lui ressemble.

L. S.

1. Jules Vallès est mort le 14 février 1885.

JULES VALLÈS

I

Quand parut *Jacques Vingtras*[1], ce fut d'un bout de la France à l'autre, parmi ceux qui lisent, une admiration mêlée de stupeur. Quel cri douloureux et terrible ! le fils ridiculisant sa mère ! le sang en révolte contre le cœur ! et cela dans une langue sonore, personnelle et superbe. Je me souviendrai toute

1. Comme le titre des livres joue un certain rôle dans le succès qu'ils peuvent avoir, on s'est demandé souvent où Vallès avait pris celui de *Vingtras*. Je crois avoir trouvé. Vingtras est précisément le nom du directeur de l'hôpital français de Londres. Vallès devait le connaître, et comme le nom de Vingtras rend, à peu près, le même son que le sien, et commence par la même lettre, il aura pensé à s'en faire un pseudonyme.

ma vie du frisson que me donnèrent ces lignes : « Ai-je été nourri par ma mère ? est-ce une paysanne qui m'a donné son lait ? Je n'en sais rien. Quel que soit le sein que j'ai mordu, je ne me rappelle pas une caresse, du temps que j'étais tout petit, je n'ai pas été dorloté, tapoté, baisoté, j'ai été beaucoup fouetté. Mon premier souvenir date d'une fessée !... »

Ainsi Vallès n'aurait pas eu de mère, il n'aurait pas goûté la douceur du vers de Virgile, ce « *risu cognoscere matrem* » à travers lequel chacun de nous revoit le sourire maternel et toutes les tendresses de son enfance ! On m'avait dit pourtant que sa mère avait pris le lit pour ne plus se relever en apprenant qu'il avait été fusillé [1]. Ce n'était donc pas vrai ! Et ce trait touchant d'amour filial qu'un de ses amis me racontait un jour, était-il faux aussi ? Que Vallès se souvienne. Il avait recueilli sa mère à Paris et vivait avec elle. Un soir qu'il devait rentrer plus tard que de coutume, craignant qu'elle ne s'ennuyât toute seule au logis, il acheta chez un bouquiniste la *Reine Margot*, d'Alexandre Dumas, et, lui donnant ce livre au moment de partir : « Tiens, mère, tu liras cela en m'attendant ».

Les enfants n'ont pas l'habitude d'aimer les marâtres ; et Vallès, qui avait accroché, comme un ex-voto à la muraille de son cabinet de travail, son carreau et

1. Mme Vallès est morte vers la fin de 1872, chez une de ses sœurs au village de Farreyrolles, où elle avait été élevée.

ses fuseaux à dentelle, Vallès s'est défendu souvent d'avoir voulu insulter sa mère. Je le crois. N'a-t-il pas écrit lui-même : « Ma mère, depuis le jour où je lui avais crié combien ma vie d'enfant avait été douloureuse près d'elle, ma mère avait ménagé mon cœur avec des tendresses de sainte !... »

Qu'est-ce donc que ce *Jacques Vingtras ?* Je n'oserais pas dire que c'est un Vallès apocryphe, mais c'est un Vallès arrangé pour les besoins de la cause. C'est sa chair et son sang, ce sont ses nerfs et ses muscles, mais ce n'est pas son cœur. Vingtras a mis le pied sur le sien ; il ne croit à rien et n'a de respect pour personne. Son père, sa mère, ses parents, ses amis, Dieu, l'âme, la société, il se moque de tout, il blague tout, il voit tout sous le côté ridicule. Ah ! si, Vingtras aime tous ceux qui souffrent, les pauvres, les besoigneux, les déshérités. S'il ne croit pas à Celui d'en haut, il « croit à ceux d'en bas. » La mort de la petite chienne Myrza le fait pleurer et l'assassinat de Louisette le rend fou. C'est même à ces attendrissements soudains qu'on reconnaît Vallès, car le puissant satirique est doublé d'un véritable élégiaque. Bref, *Jacques Vingtras* est une autobiographie en trois tomes, à l'unité de laquelle Vallès me semble avoir sacrifié le meilleur de lui-même ; et celui-là se tromperait étrangement sur son compte, qui le prendrait au pied de la lettre de l'*Enfant* et du *Bachelier*. Ne perdons pas de vue l'objectif de Vallès. Etant donné qu'il s'est proposé de combattre le système actuel de l'éducation de l'enfant, le vice de la loi sur les mineurs, les excès de pouvoir, les abus d'autorité du père de famille sur son fils, en matière d'enseignement, l'*Enfant* devenait la préface obligée du *Bachelier* comme le *Bachelier* celle de l'*Insurgé*. Tout se tient, tout s'enchaîne dans cette œuvre, dans cette vie de réfractaire. L'enfant sera farouche, il aura des haines au-dessus de son âge; ayant des goûts de paysan, il maudira la vie de collège, le latin, le grec, les classiques, tout le fatras inutile de littérature ancienne dont on lui bourre la cervelle ; un jour, fatigué d'être à la chaîne, il soufflettera son père de ces quatre mots cruels : « Je veux être ouvrier » ; il lancera à l'Université qui déjà le regarde comme sa proie, cette imprécation d'écolier en rupture de ban : « J'irai à Paris et, quand je serai là, je ne cacherai pas que j'ai été en prison, je le crierai ! Je défendrai les *Droits de l'Enfant*, comme d'autres les *Droits de l'Homme*. Je demanderai si les pères ont la liberté de vie et de mort sur le corps et l'âme de leur fils; si M. Vingtras a le droit de me martyriser parce que j'ai eu peur d'un métier de misère, et si M. Bergougnard peut encore crever la poitrine d'une Louisette. Paris, oh ! je l'aime ! »

Et le *Bachelier* est venu à Paris, il a voulu vivre avec son grade, il a battu inutilement le pavé ; personne ne lui a donné de quoi vivre, non pas à rien faire, il ne demandait qu'à travailler, mais de quoi vivre fier, indépendant, maître de lui-même. Alors il est retourné à sa mère nourrice, il s'est fait pion : « Sacré lâche ! » L'entendez-vous jeter le défi à cette société bourgeoise qui exige des diplômes des jeunes gens et qui ne peut même pas les nourrir :

— « Je veux vivre, comme l'a dit ce cuistre; avec des grades j'y arriverai ; bachelier on crève, docteur on peut avoir son écuelle chez les marchands de soupe. Je vais mentir à tous mes serments d'insoumis. N'importe ! Il me faut l'outil qui fait le pain... Mais tu nous le paieras, société bête qui affames les instruits et les courageux, quand ils ne veulent pas être tes laquais ! Va, tu ne perdras rien pour attendre. Je forgerai l'outil, mais j'aiguiserai l'arme qui un jour t'égorgera. Derrière moi il y aura peut-être un drapeau avec des milliers de rebelles, et, si le vieil ouvrier n'est pas mort, il sera content. Je serai devenu ce qu'il voulait : le commandant des redingotes rangées en bataille à côté des blouses. »

Et voilà comment le *Bachelier* d'hier sera l'*Insurgé* de demain. C'était fatal.

Et cependant pour ceux qui n'ont pas approché Vallès et ne l'ont pas vu dans l'intimité, en déshabillé, en pantoufles, *Jacques Vingtras* reste une énigme.

Nous allons, si vous le voulez bien, en demander le mot au sphinx. Ne craignez rien, il a l'air farouche, mais il n'est pas méchant. C'est un faux croquemitaine, un de ces fiers-à-bras de la rue qui grossissent leur voix pour ameuter les passants. Regardez-le plutôt. La tête large, puissante, est montée sur un cou nerveux; le front est découvert, les joues sont pleines, les yeux roulent dans leur orbite deux morceaux de charbon ardent. Avec son collier de barbe grisonnante et sa crinière poivre et sel, cette tête fait songer au lion. Au repos elle est rêveuse, l'œil s'apaise et rumine, mais qu'une idée l'allume, aussitôt il jette des éclairs. Quant à la bouche, elle a tour à tour des sourires d'une amertume désespérante et d'une douceur presque féminine.

Comme vous le voyez, ce n'est plus la tête de bois taillée à grands coups de couteau, aux joues creuses, aux pommettes saillantes, ombragée d'un saule que la caricature de Gill a popularisée. Le teint n'est plus jaune comme du buis, la chair est aujourd'hui couleur de brique, et l'exil et le temps ont répandu je ne sais quelle mélancolie sur cette face superbe.

Voilà pour le physique.

Au moral, il est gai et frondeur de sa nature, se passionne pour un rien et se moque de tout, en vrai gamin de Paris. La voix est profonde, l'intonation juste, le geste brutal : tout ce qu'il faut pour être orateur de club. Qu'il aime ou qu'il haïsse, il apporte dans l'attaque ou dans la défense des hommes et des idées, la même ardeur, la même furie. Il a quarante-neuf ans et n'en porte pas plus de vingt-cinq comme esprit et comme caractère.

De l'esprit il en a à revendre, et pas de celui qui court les rues. Sa conversation, comme ses livres, est émaillée de mots cruels qui font rire et parfois saigner. En voici quelques-uns que j'ai notés au passage.

Le directeur d'un journal mort-né lui demandait un jour des chroniques :

— Mon cher, je ne demanderais pas mieux, lui dit Vallès, mais je n'ai jamais aimé me promener dans les cimetières.

Pendant la Commune, Courbet proposa de supprimer Dieu par décret :

— Je voterai contre la proposition, s'écria Vallès, le bon Dieu ne me gêne pas ; il n'y a que Jésus-Christ que je ne peux pas souffrir, comme toutes les réputations surfaites,

Le soir du 31 octobre, il envahit la mairie de la Villette avec une compagnie de gardes nationaux et somme le maire d'évacuer la place. Le maire résiste et menace de le faire arrêter.

— Empoignez-moi cet homme-là, dit Vallès.

On l'enferme alors dans une armoire, et il ajoute d'un air tragique :

— Cet homme ne pissera pas de la nuit.

Le dernier jour de la Commune, pendant qu'on se battait dans la rue, Vallès conduisait à l'hôpital de la

Pitié un soldat blessé, dans une vieille voiture d'ambulance de l'armée régulière, qu'une ancienne cantinière fédérée avait mise à sa disposition. Il avait fait couper sa barbe et portait des lunettes bleues.

A peine entré dans la cour de l'hôpital, le directeur le reconnaît et pâlit :

— Eh bien, oui, je suis Vallès. Les Versaillais sont là, vous pouvez me faire fusiller, tout ce que je demande, c'est qu'on me tue proprement.

— Ah ! vous avez fait bien du mal avec vos articles.

— Je n'en disconviens pas.

— Et la plume de l'écrivain est souvent plus meurtrière que la balle du soldat.

— Alors, s'écrie-t-il, qu'on me fusille avec des plumes !

Tout Vallès est dans ces traits d'esprit : on y trouve et sa trempe et son caractère. Quelle étrange nature ! Lui parlait-on d'une infortune ? il s'attendrissait ; d'une injustice ? il s'enlevait. Cet Auvergnat avait du sang du Midi dans les veines. Dans la joie comme dans la douleur, il ne gardait aucune mesure. C'était l'homme du premier mouvement, et, comme toutes les natures en dehors, il cachait sous des apparences farouches un grand fonds de bonté.

Son intérieur était celui d'un paysan qui s'est enrichi dans les affaires et s'est payé un appartement en ville. Les murs étaient tapissés d'images d'Epinal et de caricatures, la vaisselle était bariolée de couleurs vives, dans le goût des anciennes faïences. Une seule œuvre d'art : le portrait du maître par Gill ! Avec cela du gaz dans toutes les pièces, dans la cuisine, dans la salle à manger, dans son cabinet de travail. Point de feu de bois ou de charbon dans les cheminées, Vallès se chauffait au gaz. A table, il n'aimait que les choses grasses, plantureuses, succulentes, les plats canailles, le bouilli, les choux, les pommes de terre, les haricots à l'étuvée ; il préférait un ragoût de mouton — sans ail ni oignon, par exemple — à la plus belle perdrix du monde, fût-elle accommodée aux oranges [1]. Gros mangeur, avant de se mettre à table, il se mettait en bras de chemise et faisait sauter ses bretelles, comme un homme qui veut se débarrasser d'une lourde besogne. Quand il dinait chez des amis, il demandait à la fin du repas à la maîtresse de la maison la permission de se déboutonner. Foin de la politesse et des convenances ! Il ne

1. C'est pourtant ce régime qui l'a perdu. Quand il sentit les premières atteintes du mal qui devait l'emporter, il s'en alla trouver M. Léon Cladel pour lui demander comment il avait guéri du diabète. — C'est très simple, lui dit l'auteur des *Va-nu-pieds*, mon médecin qui habite Bruxelles et que je vous recommande, m'a fait suivre pendant trois mois le régime suivant : Pas de pain, aucun farineux, ni vin, ni café, ni liqueur, mais de la viande saignante et de l'eau !... Cela vous va-t-il ? — Jamais, répondit Vallès, j'aime mieux crever tout de suite.

Et il continua à se bourrer de pommes de terre et de haricots ; quand le docteur Guebbard entreprit de le sauver, il était trop tard.

connaissait que ses aises et il était si amusant qu'on les lui passait.

M. Maxime Du Camp a écrit dans les *Convulsions de Paris* que Vallès avait la monomanie des grandeurs. Pas précisément. Il aimait l'argent pour l'argent, comme les campagnards; il l'aimait d'autant mieux qu'il en avait manqué dans sa jeunesse et fort avant dans son âge mûr. On a souvent cité son mot : « J'ai arrangé ma vie sur le pied de trente mille francs. » On aurait tort de le juger sur cette boutade, car ce n'en est qu'une, et depuis sa sortie de l'*Evènement*, Vallès avait su arranger sa vie sur un pied infiniment moindre. Qu'on ne s'y trompe pas, si âpre au gain que fût Vallès, il tenait moins à l'argent qu'à sa réputation littéraire. Autrement, il n'aurait pas été l'artiste soucieux de la forme que chacun admire.

Maintenant que je vous l'ai présenté, je m'en vais vous raconter sa vie.

II

Jules Vallès naquit le 11 juin 1832, rue des Farges, au Puy-en-Velay.

Son père avait alors vingt-quatre ans et était pion au collège communal de cette ville. Un de ses oncles, qui était curé de Chaudeyrolles, village situé dans la montagne, avait voulu faire de lui un prêtre et l'avait placé tout jeune à la Chartreuse, près du Puy. Mais un jour que le séminaire était allé en promenade à un endroit qu'on appelle l'Ermitage, Louis Vallez[1] avait

1. Le père de Vallès terminait son nom par un *z*, comme en témoignent les actes civils au bas desquels il a mis sa signature. C'est l'auteur du *Bachelier* qui, pour le faire sonner davantage, changea le *z* final en un *s* et le fit précéder d'un *e* ouvert.

rencontré Mlle Julie Pascal, dont les parents étaient fermiers à Farreyrolles chez les de La Fayette, et qui venait de prendre l'habit de religieuse de Saint-Joseph. Les deux jeunes gens avaient couru au-devant l'un de l'autre; ils s'étaient rappelé leurs jeux communs et le temps heureux où, quand Julie montait à cheval, c'était Louis qui menait la bête par la bride. Ces souvenirs d'enfance avaient fait battre leurs cœurs à l'unisson, et quelque temps après ils quittaient ensemble le séminaire et le couvent pour se marier — au grand chagrin de leurs familles qui les renièrent et du curé de Chaudeyrolles qui déshérita son neveu du coup.

Le père de Jules Vallès était entré alors comme répétiteur dans une école de la rue des Farges. Mais après la naissance de son premier enfant — une charmante petite fille qui devait mourir folle dans sa seizième année — il était devenu répétiteur aux Sourds-Muets, puis pion au collège communal.

L'homme n'avait ni sou ni maille, la femme non plus. Leurs premières années de ménage furent des années de misère pendant lesquelles leurs enfants se couchèrent plus d'une fois sans manger. On m'a raconté à ce sujet qu'une amie de Mme Vallès ayant surpris un jour le petit Jules en train de pétrir de la cendre, l'enfant se serait écrié qu'il voulait faire du pain.

Et cependant la mère était économe et pratique.

Ayant aperçu, le soir de ses noces, en entrant dans la chambre nuptiale, un lot de bouquins qui dormaient sur une table, elle s'était dit : « Quel bon papier à chandelles ! » et elle avait déchiré et vendu les livres au poids. Première insulte à l'Université ; ce ne devait pas être la dernière. Toute sa vie, elle pécha par ignorance, par manque d'éducation première. A lire *Jacques Vingtras*, on la prendrait pour une femme méchante, presque pour une marâtre ; eh bien, non. Ce n'était qu'une bonne paysanne ayant les défauts et les qualités des gens de la campagne : économe jusqu'à paraître avare, prude comme une béate, excellente ménagère, mais n'ayant pas la moindre idée du monde où elle était entrée en se mariant, et faisant rire d'elle avec ses toilettes de fermière endimanchée et ses ridicules prétentions de bourgeoise.

Quelques traits suffiront à la peindre.

Quand ils quittèrent Saint-Etienne pour aller habiter Nantes, ils s'arrêtèrent à Orléans. C'était la nuit. Le mari voulait conduire sa femme et son fils à l'hôtel, mais elle l'avait vu, en route, prendre le menton à une fille d'auberge, et elle avait dit : « Nous ne coucherons plus dans ces maisons-là ! » En sorte qu'ils battaient le pavé dans les rues d'Orléans, en attendant le départ de la diligence. Tout à coup, le père dit à son fils : « Jules, regarde donc, voici la pucelle ! » Il venait de reconnaître au clair de lune la statue de

Jeanne d'Arc. — « Quand tu auras fini, interrompit la mère, de dire des saletés à cet enfant ! » Et elle ajouta d'un air content : « On peut s'asseoir contre. »

Plus tard, lors de son premier duel, apercevant au bas de son pantalon une tache de sang qu'elle ne pouvait faire disparaître, elle dira à son fils : « Une autre fois, mets au moins ton vieux pantalon ! »

Ces simples traits dépeignent la femme.

Ce que son mari dut souffrir avec elle, on le comprend sans peine, mais je ne veux point raconter ici les scènes douloureuses de ce ménage mal assorti. En deux mots, voici leur histoire : ils s'unirent par amour et se séparèrent vingt ans après.

III

Jules Vallès vint donc au monde « dans un lit de vieux bois plein de punaises de village et de puces de séminaire. » L'enfant était bien bâti et ne demandait qu'à vivre. D'ailleurs nulle ressemblance avec ses parents. Tout ce qu'il hérita de sa mère ce fut un goût très prononcé pour la vie des champs. Il aimait les paysans, les bœufs, les jours de foire où s'étalaient sur la place les fromages bleus, les tômes fraîches, les paniers de fruits de toute couleur. La campagne lui entra, dès l'aube, dans la tête avec la bonne odeur des étables, les ribotes à l'auberge et les batteries. Oh ! les batteries, il s'en croisait les bras derrière le dos, quand il voyait deux gars vigoureux se prendre à bras le corps. Je crois que sa première jouissance fut la première volée de coups de poing qu'il donna à un de ses camarades. « Quel rude toucheur de bœufs cela ferait ! », disaient de lui les paysans, s'extasiant sur sa large carrure. Mais le papa n'entendait pas de cette oreille-là. Il venait d'obtenir je ne sais quelle couronne académique — un souci d'argent, si je ne me trompe — et ce souci le consolait de tous les autres ; si bien qu'il avait voué son fils à l'Université. Va donc pour l'Université ! Jules Vallès fit ses premières études au collège du Puy ; à huit ans, il suivit son père au lycée de Saint-Etienne ; quatre ans plus tard il était à Nantes. Bon élève, remportant des couronnes à brassées, mais ayant horreur de la vie de collège [1].

Le lycée de Nantes, surtout, lui avait laissé des souvenirs atroces. Quand il en parlait, c'était avec des frissons. Je me rappellerai toujours la visite que nous lui fîmes ensemble au mois d'octobre 1881. C'était justement le jour de la rentrée. Les parents emplissaient la cour et présentaient leurs fils au proviseur. « Voilà la prison, dit Vallès, entrons ! » Nous franchissons la grande porte et puis la grille, et nous arpentons la cour de long en large, tournant autour

1. Étant encore enfant, il s'enfuit du collège du Puy, et les gendarmes le rattrapèrent aux portes de Saint-Etienne.

des femmes, regardant les professeurs sous le nez, dévisageant tout le monde! — « Oh! ces têtes de pions, ces pantalons clairs, ces mines longues, ces airs ahuris! toujours les mêmes... Mêmes murailles enfumées, mêmes salles de classe, mêmes salles d'étude. Comptons-les : une, deux, trois... pas une ne manque à l'appel... Depuis trente ans, le *bahut* n'a pas changé ! »

Puis, tout en rôdant sous les cloîtres, il avisa une porte pleine. — « N° 12. » Il ouvre, jette un coup d'œil et me montre sa place sur le deuxième banc de l'amphithéâtre : « C'est là que j'ai tant souffert, s'écrie-t-il... Ouf! maintenant que je l'ai vue, sauvons-nous! »

Bien sûr que le proviseur nous aura pris pour des espions ou pour des fous. Heureusement que le Jardin des Plantes est à deux pas du Lycée. Vallès m'emmena sous les grands arbres pour me dévider l'écheveau de ses impressions. Il ne tarissait pas, et de temps en temps il regardait derrière lui, comme s'il avait été en faute et que le proviseur eût dû lui mettre la main au collet. Pauvre vieux lycée de Nantes ! Vallès y eut pourtant de fiers succès [1],

1. Dans un chapitre de son *Hôtel Drouot* (année 1882), M. Paul Eudel nous fait connaître, d'après les palmarès du temps, les couronnes remportées par Jules Vallès au lycée de Nantes. En 1846, Jules Vallez *(sic)* était en *troisième;* il eut le 2e prix de vers latins et le 2e accessit de thème latin. — En 1847. — *Seconde* : le 1er prix d'excellence, le 1er prix de thème latin, le 1er prix de thème grec, — le 2e prix de récitation classique. — En 1848. — *Rhétorique :* le 1er prix d'excellence, le 2e prix de discours latin, le 1er accessit de discours français, le 1er prix vers latin.

mais je l'ai dit, la vie de collège lui pesait comme une camisole de force. Et Nantes ne lui avait jamais causé que des déceptions. Quand il était parti de Saint-Etienne il s'était bâti dans son imagination d'enfant une grande ville maritime avec des navires plein la Loire, des marins brûlés, un mouvement du diable, un bruit d'enfer. Au lieu de cela, il n'avait trouvé qu'une grande ville morte, où les cloches sonnent des glas toute la journée, des cours silencieux, des rues presque désertes et par là-dessus une atmosphère de province suant l'ennui. Un seul quartier était assez remuant, c'était la Fosse, et ses parents avaient élu domicile à un kilomètre de là, dans une grande baraque ayant une entrée sur une petite ruelle et cinq fenêtres de façade sur le quai Richebourg [1].

— « Oh ! ce quai de Richebourg, si long, si vide, si triste ! ce n'est plus l'odeur de la ville, c'est l'odeur du canal ; il étale ses eaux grasses sous les fenêtres et porte comme sur de l'huile les bateaux des mariniers, d'où sort, par un tuyau, la fumée de la soupe qui cuit. La batelière montre de temps en temps sa coiffe et grimpe sur le pont pour jeter ses épluchures par-dessus bord. C'est plein d'épluchures, ce

1. Ces cinq fenêtres étaient restées tout grandes ouvertes dans sa mémoire. Je me souviens qu'en débarquant du chemin de fer, son premier mot fut celui-ci : « On dirait qu'elles me reconnaissent, voyez donc comme elles me regardent ! »

canal sans courant. C'est le sommeil de l'eau, c'est le sommeil de tout... Le ciel là-dessus est pâle et pur; pureté et pâleur qui m'irritent comme un sourire de niais, comme une moquerie que je ne puis corriger ni atteindre... C'est affreux ce clair du ciel; tandis que mon cœur saigne noir dans ma poitrine. »

Cette maison et cette ville ne lui rappelaient que des choses tristes. N'est-ce pas là qu'il avait vu mourir à petit feu sa mignonne cousine Louisette, son père rudoyé par le proviseur, insulté par les élèves, et qu'il avait senti s'éveiller en lui son amour-propre, son orgueil d'enfant dans les culottes ridicules que lui taillait sa mère? La toilette fut peut-être son plus grand supplice d'écolier; il devenait tout rouge quand sa mère parlait de lui acheter un vêtement quelconque. Rien ne lui était plus pénible que de la voir entrer dans une petite boutique de la place de Bretagne — faire descendre du grenier des rossignols qui avaient changé plusieurs fois de couleur — prendre le paletot ou le pantalon dans sa main, les regarder au jour, et, sans même avoir mesuré la longueur des jambes ou des manches, dire au marchand : « Je suis bien fâchée, mais vous n'avez pas ce qu'il me faut! » Tout cela pour avoir la marchandise à quelques sous meilleur marché.

Tels étaient ses souvenirs de Nantes! Il n'avait été vraiment heureux que le jour où il s'était battu avec un garçon boulanger. Ce boulanger les provoquait chaque jour à la sortie du lycée; il s'agissait de lui régler son compte. Vallès s'en chargea et ce ne fut pas long. Il le prit par le fond de sa culotte et l'envoya boire un coup dans le ruisseau.

IV

Cependant il avait terminé ses études. Dès qu'il eut son diplôme de bachelier en poche, son père l'envoya à Paris préparer sa licence. Il y rencontra d'anciens camarades du lycée de Nantes : Royannez (Royné), Matoussaint (Ch.-L. Chassin), Collinet (le docteur Collineau) et se lia avec eux. Ce fut Matoussaint qui l'initia aux mystères de la vie politique et de la vie de bohême. Les étudiants d'alors avaient la tête chaude. Le quartier latin était rempli d'émeutiers en herbe qui avaient vu les journées de Juin. On riait, on s'amusait, mais on pensait aussi ; les cafés n'étaient pas, comme aujourd'hui, de simples buvettes où l'on tuait le temps entre une chope de bière et une fille; c'étaient autant de clubs où l'on discutait à la diable, à bâtons rompus et le ventre creux, les actes de la Chambre et ceux du président, car on sentait que la révolution de février aboutirait à la dictature et l'on se préparait à la résistance. Vint le coup d'Etat. Cette jeunesse tapageuse mit sa langue dans sa poche et rentra tranquillement dans ses mansardes. Seule, la bande de Vallès descendit dans la rue pour défendre la loi.

Révolte bien inutile d'ailleurs! Quelques-uns furent blessés sur les barricades ou arrêtés, le fusil à la main; les autres furent rappelés par leurs familles. Vallès fut de ces derniers. Adieu Paris! il fallut retourner à Nantes pour y faire pénitence[1].

1. Son père le fit *enfermer* dans l'asile d'aliénés de Saint-Jacques et voici de quelle façon M. Arthur Ranc a raconté, au lendemain des funérailles de Vallès, ce douloureux épisode de sa vie : « Le jour même de son arrivée à Nantes, Vallès nous avait écrit. Depuis, pas de nouvelles. Plusieurs semaines se passèrent. Pas de réponses à nos lettres. Nous étions fort inquiets. Un jour enfin il nous arriva quelques lignes, écrites sur un papier grossier et tout sali. Il nous informait qu'à la suite d'une scène violente son père l'avait fait enfermer à l'asile des aliénés de Saint-Jacques, qu'un employé lui avait promis de jeter sa lettre à la poste, et il nous appelait à son aide.

Que faire? courir à Nantes sur le champ? Impossible; nous étions aux derniers jours du mois, et à nous tous nous n'aurions pas réuni vingt francs. Il fallut donc patienter, et, en attendant de pouvoir partir, nous contenter d'écrire à M. Vallès père. La lettre, si je me souviens bien, était signée d'Arthur Arnould et de moi En tout cas, je l'avais écrite au nom de tous les amis de Vallès. Je disais que nous venions d'apprendre son internement à l'hospice Saint-Jacques, qu'il nous était impossible de croire qu'il fût atteint d'aliénation mentale et que, si

Tel fut le début de l'auteur des *Réfractaires* dans la vie politique.

A quelque temps de là, Mlle Balandreau, dont il nous a laissé un si charmant portrait dans l'*Enfant*, la bonne vieille fille qui lui mettait du suif aux jours des premières fessées, mourut en lui léguant la somme de treize mille francs. Une petite fortune! Cet héritage inespéré décida ses parents à le laisser repartir pour Paris. Ils gardèrent le capital et lui en servirent la rente. Quelle joie pour Vallès de revoir le quartier latin, théâtre de ses premiers exploits! « Surtout sois sage, lui dit son père! » Ah! bien oui. Est ce qu'on peut être sage, quand on a vingt ans, des bras de fer, des épaules d'athlète, des dents de chien, la tête près du bonnet, le désir de faire du bruit et qu'on n'a personne derrière soi pour vous crier : Casse-cou?

nous ne recevions pas la nouvelle de son élargissement, l'un de nous partirait immédiatement pour Nantes.

M. Vallès, par le retour du courrier, me répondit une lettre fort courte. Il ne prononçait pas le mot de folie; son fils, disait-il, — j'ai retenu l'expression — souffrait d'une exaltation maladive, et dans son intérêt même, on avait dû l'enfermer. Mais il allait mieux, et on allait pouvoir le rendre à sa famille. Dès le lendemain, en effet, Vallès quittait l'asile et quelques jours après il revenait à Paris.

Il était resté six semaines, six mortelles semaines au milieu des fous! »

Sans vouloir excuser de ce chef le père de Vallès, que tous les renseignements recueillis sur son compte s'accordent à nous montrer orgueilleux, peureux et brutal, l'impartialité me fait un devoir de rappeler ici que sa fille aînée était morte folle à l'âge de 16 ans. Qui sait? Quand le père fit enfermer son fils, il le croyait peut-être frappé de la même maladie que sa sœur!

A peine débarqué à Paris, Jules Vallès revit les camarades et reprit ses anciennes habitudes. Il apprit la boxe, le chausson, les armes, remplit les cafés de sa voix de stentor et devint le boute-en-train du quartier. Aucune manifestation, aucune fête n'avait lieu sans lui. L'affaire du Deux-Décembre ne l'avait pas guéri de la politique, bien au contraire; il n'aspirait qu'à en tirer vengeance. Mais il n'était plus de ceux qui, le matin du coup d'Etat, disaient : « *Il faut fatiguer la troupe !* »[1] Non. Il voulait aller de l'avant, casser les vitres, et quand Rock, le soir de l'échauffourée de l'Opéra-Comique, prononçait ce mot : « On est prêt », Vallès l'était depuis longtemps. Il le fut toujours, quand il y eut une barricade à élever, une lutte à soutenir. Et c'est pour cela qu'il raillait les conspirateurs en chambre comme Rock. On sait que le Rock du *Bachelier* n'est autre que M. Ranc, l'auteur du *Roman d'une Conspiration*. Cette ridicule équipée de l'Opéra-Comique conduisit à Mazas quelques-uns des audacieux ou des fous qui avaient voulu « tirer sur l'empereur, » entre autres Rock, Collinet, Legrand (Poupart-Davyl) et Jules Vallès. Mais le père de Collinet — M. Collineau qui était alors médecin à Ancenis — arriva assez tôt à

1. Le grand garçon brun qui disait cela était M. Adolphe Adam, frère de M. Edmond Adam, celui-là même qui, apres la mort de l'ancien préfet de police, intenta un procès à sa veuve.

Paris pour arranger les choses, et la police relâcha les « conspirateurs ».

Vous croyez peut-être que cela servit de leçon à Vallès. Que nenni ! Du moment qu'on le relâchait, il se croyait encouragé à recommencer. Il n'avait pas appris pour rien le chausson et les armes. Quand la politique chômait, il occupait ses loisirs à provoquer les camarades, à se colleter avec les saltimbanques dans les foires, à se battre en duel avec Poupart-Davyl, à rosser Entêtard (Testus), le maître de pension de la rue Vaneau qui le nourrissait avec des œufs et du raisiné et ne voulait pas lui régler son mois. Il fallait absolument du bruit à cette nature turbulente, et il n'était content que lorsqu'il avait donné un coup de poing, un coup de dent, un coup d'épée. Tant pis quand il trouvait plus fort que lui.

Tout à coup il apprend que son père vient de mourir à Rouen. Il oublie « qu'ils ont été longtemps deux ennemis », qu'il l'a fait enfermer à Nantes, dans une maison de fous, après le coup d'État, qu'il a quitté sa mère !... Devant la mort il jette un voile de larmes sur le passé et il part pour Rouen. Oh ! cette mort du père ! la rencontre à la gare de la femme qui a pris la place de l'épouse, la chambre noire, le lit de mort, la mise en bière, quelle page empoignante de *Vingtras* ! Je frissonne rien que d'y songer. Je vois toujours le pli dans le grand drap du lit vide et le creux de l'oreiller où Vallès, après l'enlèvement du corps, « enfonça sa tête brûlante, comme dans un moule pour la pensée ! » Cette mort fut un coup de massue pour lui. Tant que son père avait vécu, il avait reçu régulièrement sa petite pension. Maintenant que son père n'était plus là, il ne pouvait plus y compter, car il restait à sa mère à peine de quoi vivre, et il avait trop bon cœur pour lui rogner son dernier morceau de pain. Il allait donc être obligé de gagner sa vie. Comment ? à quel métier ? Il avait couru tous les *bahuts*, fait du journalisme à droite et à gauche, dans des feuilles qui n'attendaient même pas l'automne pour mourir ; tout cela ne lui avait rapporté que des horions et des avanies. Il avait faim, il voulait vivre : il se fit pion. « Sacré lâche ! » a-t-il écrit dans son *Bachelier*. Non, ce ne fut pas de la lâcheté, ce fut du courage. On l'envoya au lycée de Caen, mais il n'y resta que le temps de faire la connaissance de ce bon monsieur Chalmat qui avait découvert, comme professeur de philosophie, une huitième faculté de l'âme.

V

La vie de province ne convenait ni à ses idées, ni à son tempérament. Il revint à Paris avec la pensée d'y écrire un beau livre. Ce fut les *Réfractaires*. Mais il en fit un autre auparavant qu'il ne saurait renier, quoiqu'il n'y ait pas mis sa signature, car il porte au moins dans la préface la marque particulière, la griffe de son talent. C'est l'*Argent*, un petit livre jaune paru chez Ledoyen en 1857, avec une pièce de cent sous au milieu de la couverture et cette légende en exergue : « J'en vaux cinq au contrôle et cent dans la coulisse. »

La préface, datée du 4 juin, est adressée sous forme

de lettre à Mirès. — Jules Mirès! Jules Vallès! ces deux noms rendaient le même son.... pas celui de l'argent, par exemple. Mirès était millionnaire, Vallès n'avait que l'espoir de le devenir, et c'est en flânant un jour au Palais-Royal, qu'un Nantais de ses amis lui avait offert d'écrire la préface de l'*Argent*. Il avait accepté de suite.

Qu'on me permette de reproduire ici la plus grande partie de cette préface. Elle en vaut la peine. Outre qu'elle est presque inconnue, c'est à mon sens, un pur chef-d'œuvre, en tout cas du pur Vallès. et, quand il l'écrivit, il n'avait que vingt-cinq ans.

A Monsieur Jules Mirès

« Monsieur,

« J'ai fait de la littérature, j'ai perdu à ce métier-là deux viscères, le cœur et l'estomac; l'estomac, c'est dur! Enfin, la raison est venue, je suis descendu du Panthéon jusqu'à la Bourse, et j'ai fait cet enfant en route; vous voyez, il a l'air drôle avec son nombril en argent, cette enseigne au front: un petit juif (vous êtes israélite), que je vous envoie avec ce qu'il a dans le ventre, pour que vous soyez son parrain. Je ne demande pas de dragées; seulement vous êtes peu homme de lettres, beaucoup millionnaire. — Millionnaire, je le serai demain; homme de lettres, je l'ai été. Vous voilà par la force des choses réduit au rôle de confident...

« Soyez tranquille, je suis guéri et je parle en prose, non

pas que j'aie brûlé mes vers ! je ne crois pas aux gens qui brûlent leurs manuscrits, se mouchent dans leurs romans et s'essuient avec leur poésies. Mais je fuis, comme le choléra, les anciens amis, les martyrs de *la* pensée, comme on dit chez les liquoristes. J'ai fait porter à Pagès (du Tarn) tous mes faux grands hommes, mes Christs de contrebande, Gilbert, Escousse, Malfilâtre, pauvres gens plus dignes de Bicêtre que du Panthéon ; joignons-y le plâtre de Béranger, ce triste vieillard qui prête du génie à usure, et vous envoie bon an mal an trois grands poètes *à l'hôpital*. Là, on les couche, ils ont le délire, mangent leur oreiller, injurient les bonnes sœurs, et s'éteignent en fumant — ils fument toujours dans ce monde-*là* — je ne sais pas ce *qu'ils* feront dans l'autre ! Le lendemain, l'infirmière, en nettoyant la place trouve un *chant de cygne* dans la table de nuit. Ceux qui restent ne se corrigent pas, se drapent dans les haillons (le vieux mot) et appellent brigands, voleurs, épiciers, les gens qui font fortune.

» Eh bien ! Monsieur, j'ai pensé comme ces gens-là. Dieu merci, j'ai changé d'avis. J'ai maintenant, j'ai sur la gloire et la fortune, sur l'encre et l'argent, une opinion toute contraire. Pour manier, comme nous disions dans les cénacles, cette arme terrible qu'on appelle la plume, pour fouiller, comme dit tout le monde, dans le cœur humain, pour nouer dans un roman les fils d'une intrigue, pour dominer dans le champ de l'histoire les événements et les hommes, pour livrer, devant un peuple, cette bataille qu'on appelle une comédie ou un drame, il faut cette puissance de l'esprit, ce je ne sais quoi d'imprévu et de fort qui fait les millionnaires. Il faut, pour fonder une école, juste ce qu'il faut pour fonder une banque : et s'ils voulaient, les vaillants de l'esprit, les soldats de l'idée, transporter dans la vie réelle les facultés heureuses qui les feront poètes, écrivains, auteurs dramatiques ou historiens, s'ils voulaient engager leur personne dans le drame que jouent les avides, nul doute qu'ils ne sussent vous tenir tête à vous, les Massénas de la fortune !

. . . .

» Voyez ! dans votre rue seulement, combien qui gagnent de l'argent en dépensant leur esprit. Solar, votre ami, Eyma et Jourdan aux *Actionnaires*, Guéroult à l'*Industrie*, Félix Mornand, du *Courier de Paris*, qui n'a eu longtemps que l'*Illustration*, qui aura demain son million comme vous et moi : tous gens spirituels, généreux, distingués. Soit dit en passant, la rue Richelieu a du bonheur ; aussi s'est-il posté là ce barbier qui vous risque un mot, comme vous un million, et je ne sais vraiment qui sera le plus tôt ruiné de vous deux. Beaumarchais, son maître, n'eût pas choisi mieux, et Voltaire eût battu des mains. MM. Arouet et Caron, deux gaillards qui faisaient de tout, des pièces, des fusils, du commerce, des vers, de l'esprit et de l'argent, et je bénis le ciel, disons le diable pour ne pas les fâcher, de les avoir fait riches. Qui sait ? Rousseau, le Rousseau du *Contrat social*, des *Confessions*, de la *Nouvelle Héloïse*, s'il eût été moins pauvre, plus propre, moins râpé, eût-il jeté dans ses livres cette amertume, ce cynisme, ces violences mauvaises qu'aiment seuls, je crois, les natures malsaines et les esprits malades. J'attribue pour ma part, les vices de Jean-Jacques à sa misère. Triste, ennuyeux, méchant, voilà l'homme qu'elle a fait : tel aussi l'écrivain. Il n'a encore qu'une tombe en bois ; que Proudhon la démantibule et y mette le feu ! je n'irai pas faire la chaîne.

» Je vous sais gré, Monsieur d'avoir relevé l'erreur — pour

ne pas dire moins — l'erreur de M. Dumas fils, au sujet des grands hommes. Il l'a dite si mal et vous avez répondu si bien que je n'insiste pas. Je profite cependant de l'occasion pour demander une bonne fois à ce qu'on change d'opinion sur la pauvreté! Ces messieurs du roman et du théâtre lui accordent presque le monopole de la vertu, la font douce courageuse et belle.

» Qu'on le sache donc, il ne peut y avoir de vertueux, d'aimable et de distingué que les gens riches!...

» La pauvreté, elle épuise les forts et corrompt les faibles! Quand on n'a pas dîné, on est bête et cruel. Mal vêtu, on est gauche, commun, ridicule ; levez-moi seulement les bras au ciel, comme cela se fait toujours : l'existence de l'habit tient à un fil ; un geste, et vous êtes perdu! tout craque, la chemise passe et la honte reste. Allez donc vous tuer quand votre culotte n'a pas de fonds, quand votre cravate est trop vieille pour supporter le poids du suicidé! la branche casse, vous tombez sur le nez et les passants vous rient au derrière.

» La pauvreté, c'est elle qui fait les fils ingrats, les écrivains méchants, les poètes amers, c'est elle qui peuple les bouges, les lupanars, la mort et le bagne! *Silence au pauvre!*

» *Silence au pauvre!* un cri jeté, vous souvient-il, dans les temps d'orage, par un homme qui n'avait pas besoin des millions tout gros de plaisir. Et cependant, s'il eût été riche ce jour-là, son journal n'était pas tranché au fil du sabre africain, et il restait sur la place publique, agitant sa soutane, comme le Romain dépliait son manteau.

» Vous m'en voudrez peut-être d'évoquer pour si peu une ombre illustre. Mais à côté de cette tombe où s'est couché le spectre d'un monde vieilli, j'aperçois le berceau d'un monde nouveau. Le passé dort dans l'asile des malheureux et la fosse commune garde son plus grand martyr. La misère a fait son temps, je passe du côté des riches. Je préfère aux chants lugubres des insurgés le cri métallique des soixante, au drapeau des guerres civiles l'étendard planté au cœur de la Bourse, avec le nom des millionnaires sur l'écusson. Paix aux vaincus! respectons les défaites glorieuses, mais brûlons courageusement les haillons du passé. — Ce n'est plus, rue Saint-Denis, place de Grève, sur la terre classique de l'émeute, c'est maintenant rue Vivienne, place Vendôme, chez Pereire, chez vous que s'agite l'avenir de la France.

» Et vous êtes, monsieur, parmi ceux qui tiennent le gouvernail, style du *Constitutionnel*, vous êtes celui que je préfère, foi d'audacieux! Une curieuse figure, vraiment, dans ce musée tout neuf des millionnaires! Hier encore, vous étiez pauvre, inquiet, presque vaincu dans la lutte, et voilà qu'en quelques années, à coup de courage, à coup d'audace, avec un bonheur inouï, vous atteignez le sommet chargé de millions? Fièrement campé sur la scène, la main pleine de bienfaits, vous donnez à votre rôle une physionomie saisissante, vous vous bâtissez une réputation que n'ébranleront, ce me semble, ni les coups de plume des gens de lettres, ni les coups de Bourse des rivaux. Vous représentez bien, selon moi, l'esprit nouveau, aventureux, remuant, téméraire! Que m'importe votre passé? et d'ailleurs je le crois digne, courageux et fort.

....

» Vive l'argent!

» Je vois sourire, j'entends crier MM. Taine, Jules Simon, Saisset, des gens qui en sont encore aux mots en *isme*: spiritualisme, panthéisme, rationalisme! les néo-crétins de la *Revue de Paris*, Maxime Ducamp en Don Quichotte, Louis Ulbach en Sancho, à cheval sur Laurent-Pichat, portant leur cœur en sautoir et s'appelant des pèlerins de l'avenir! Et combien que j'oublie à dessein! Combien sont là debout sur la pointe des pieds, qui se vendent très bien comme hommes parce qu'ils se vendent mal comme volumes! Ils parlent, je crois, d'indépendance, évoquent à chaque page le fantôme de la Liberté.

» L'indépendance, chez qui existe-t elle plus entière et plus sainte que chez l'homme de Bourse? Vous tous, faiseur de livres, avocat, professeur, médecin, vous êtes esclaves de quelqu'un ou serviteur de quelque chose. Il faut flatter l'éditeur, obéir au chef, ménager la chèvre de l'un, le chou de l'autre, caresser l'enfant, le chien, l'opinion!

» Le boursier est digne et libre: à personne il ne doit un salut, une visite, un *éloge*, un *sourire* ou une larme, il dépense sa vie comme son argent où bon lui semble.

....

» Du reste ne nous y trompons pas! le temps des génies est mort. Un homme ne portera plus le monde vissé à son cou, dans une boîte en os marquée: FRAGILE. La sève, la force, le sang, au lieu de brûler le cœur et le cerveau d'un seul, circulent doucement dans les veines du corps social. Pas de tête qui dépasse, mais des millions d'hommes plus intelligents; pas d'exception,: une loi commune mesurant à chacun plus de sagesse et de bonheur. Le grand homme est usé; il rentre tristement dans la catégorie des monstres disparus.

....

» La politique, dois-en parler! Nous sommes là une génération toute neuve que Février surprit au seuil de l'âge mûr, esprits honnêtes, âmes ardentes ! nous descendîmes au champ de foire ; la parade était sublime, l'orateur de la troupe électrisait les cœurs, la caisse battait, ça ne coûtait que la vie ou la liberté ! nous offrîmes le prix des places. Nous applaudissions les jongleurs, nous encouragions les pîtres, puis un beau jour, nous nous trouvâmes tous bêtes, les uns sur le *rocher d'exil*, d'autres sur la *paille des cachots*, les plus heureux en face de l'ennemi mortel ! Nous savons maintenant que la forme n'est rien, qu'elle est au moins peu de chose. La moitié, je vous jure, ne suivra plus dans les rues ces mouchoirs de couleur appelés des drapeaux, secoués par des mains inhabiles sur le front des faibles.

» Que reste-t-il ?

» Il reste à refaire le monde ! sommes-nous assez de nous tous, orateurs, écrivains, chercheurs, pour égorger les conventions fâcheuses, les cultes bêtes, les hypocrisies sociales, pour prouver aux illuminés et aux faibles que tout *rentre dans le commerce*, et qu'il est bien temps de fonder, sur l'autel sans dieux de l'égoïsme, la religion tranquille des intérêts ! »

Eh bien ! que pensez-vous de ce manifeste ? Je ne sais pas quel bruit il fit dans le temps, mais je suis sûr que, s'il paraissait aujourd'hui sous la signature de Jules Vallès, il ferait sensation dans le monde littéraire, car Vallès n'a jamais rien écrit de plus fort. Je me serais appelé Mirès que j'aurais fait un boursier de suite de ce jeune écrivain qui entendait si bien l'argent. Que lui en resta-t-il aux doigts ? pas grand chose sans doute. Tout millionnaire qu'il était, Mirès n'attachait pas ses chiens avec des saucisses, et d'ailleurs Jules Vallès n'était pas à vendre. Il se rangeait seulement, cela se voyait ; il avait lâché provisoirement la bohême pour tenir sa parole : « Je ferai un beau livre. » C'est même pour cela qu'il entra quelque temps après à la mairie du XVe arrondissement, en qualité d'expéditionnaire. Certes, le poste ne valait pas celui d'ambassadeur à Londres. Douze cents francs par an, c'était maigre ; mais pour Vallès c'était sinon l'aisance, au moins le repos. Il allait pouvoir travailler désormais l'esprit tranquille, sûr du pain quotidien, au beau livre qu'il rêvait [1]. Ce livre parut en effet un matin de l'année 1866 et fut salué par toute la presse comme l'œuvre d'un maître écrivain. Vous rappelez-vous le *Dimanche d'un jeune homme pauvre*, le chapitre sur les *Irréguliers de Paris*, les cent pages du *Bachelier géant*, le portrait de Gustave Planche [2] ? Quelle verve endiablée ! Quelle ironie amère et quelle façon de rire de son propre malheur : car ce livre douloureux, comme l'appelait de Pontmartin, Jules Vallès l'avait vécu. C'était sa chair saignante qu'il étalait ainsi en public, et der-

1. Il ne resta pas longtemps à la Mairie de Vaugirard. Le lendemain même du jour où il fit au Grand-Orient sa conférence sur Balzac, on l'obligea à donner sa démission.

2. Jules Vallès fut pendant quelque temps le secrétaire de Gustave Planche.

rière les éclats de son rire énorme ceux qui le connaissaient auraient pu entendre le hoquet de ses sanglots. Quoi qu'il en soit, Vallès était sorti du rang et pouvait regarder l'avenir avec confiance. Ses débuts au *Figaro* avaient été fort remarqués. Villemessant se l'était attaché; sa fortune était dans sa main ou pour mieux dire au bout de sa plume. Mais toute sa vie Jules Vallès devait être le prisonnier de son premier succès. C'est en chantant les *Réfractaires* et la bohême qu'il s'était fait connaître; non seulement il voulut garder sa note, mais il la força. Dès lors tous ses articles furent consacrés aux prolétaires, aux meurt-de-faim, aux révoltés, aux insoumis. C'est même à cause de cette spécialité qu'il quitta l'*Epoque*, où Feydeau avait pour principaux rédacteurs MM. J.-J. Weiss et Edouard Hervé. Ernest Feydeau avait demandé de la copie à Jules Vallès et lui avait donné carte blanche. Celui-ci en profita pour écrire un premier article commençant ainsi : « J'ai toujours été frappé de l'air vénérable des galériens !!! » « Je ne m'attendais pas à celle-là [1] lui dit Feydeau en riant. Mais il avait donné sa parole : il

1. Partout où Vallès a passé, il a eu le don d'effrayer la police et le bourgeois. Son premier article à la *Liberté* attira un communiqué au journal; la *Rue* fut supprimée pour son article des « cochons vendus »; son *Jacques Vingtras*, publié sous la signature Lachaussade, provoqua l'indignation des abonnés du *Siècle*; enfin son *Insurgé*, payé dix mille francs par Mme Adam, ne passa dans la *Nouvelle Revue* qu'après de nombreuses coupures et provoqua de nombreux désabonnements.

laissa passer l'article, sans y rien changer. Jules Vallès avait son plan, son idée fixe ; il venait d'enfourcher son dada de l'idée sociale et ne devait plus en descendre. Il voulait être son maître, avoir un journal à lui où il pût dire toute sa pensée, tout ce qui lui passait par la tête. Il l'eut un beau matin. Ce fut la *Rue*. Commencée le 1er juin 1867, cette vaillante petite feuille cessa de paraître le 11 janvier 1868, après avoir fourni trente-trois numéros.

« Nous avons pris son nom pour pavillon, écrivait Jules Vallès dans son premier article, afin de bien indiquer du coup qui nous sommes. Nous voulons être le journal pittoresque de la vie des rues, écrire simplement, au courant du flot qui passe, les mémoires du peuple. »

Journal pittoresque, la *Rue* le fut en effet, mais pas assez longtemps. L'Empire avait les yeux sur lui ; et ses rédacteurs, Vallès en tête, n'avaient pas précisément pris la prudence pour devise. Bien au contraire. Ils étaient railleurs, frondeurs, faisaient des mots cruels et des allusions transparentes, se moquaient de Dieu et du diable. Jusque-là rien à redire. Ils étaient jeunes, le parquet leur pardonnait cela. Mais le jour où Vallès parla de COCHONS VENDUS, les Tuileries prirent cela pour elles, — bien à tort selon moi, les cochons se vendaient si peu sous l'Empire ! — et la *Rue* fut condamnée à mort en police correctionnelle.

Je feuilletais encore ces jours-ci les 33 numéros qui composent la collection de la *Rue*. Quelle jolie rédaction ! Vallès, les deux Goncourt, Fulbert Dumonteil, Arthur Arnould, Paul Arène, E. d'Hervilly, Alexis Bouvier, Jules Claretie, A. Ranc, Duranty, Magnard, Cladel, Gustave Maroteau, Cavalier, jusqu'à Zola! Je ne m'attendais pas certes à trouver le nom de Zola dans la *Rue*. Il est vrai qu'il n'y donna qu'un seul article, « *Une cage de bêtes féroces,* » et que cet article ne valait pas cher. C'est égal, ça doit le gêner d'avoir égaré son nom dans ce journal. Il se vante d'être le père du naturalisme, m'est avis que Vallès aurait le droit de lui dire : « Pardon, mon ami, vous adoptez mon fils ! » Car c'est vraiment dans la *Rue* que le naturalisme militant fit ses premiers pas. Si la *Rue* n'eut qu'une vie éphémère, elle porta chance au moins à ses rédacteurs. En effet, tous sont arrivés depuis; tous ou à peu près tous ont été fidèles au drapeau républicain que Vallès avait arboré.

VI

Nous venons de parcourir ensemble les étapes du réfractaire, il nous en reste une à doubler, la plus courte et la plus terrible, celle de l'*Insurgé*.

Je serai bref et pour cause, je manque de documents.

Dans la vie de Jules Vallès, j'aperçois bien le but, mais je ne vois pas le pourquoi. Je connais le réfractaire, l'insurgé m'échappe, du moins ses théories. Je sais qu'il était socialiste, mais c'est tout, et le socialisme est encore à définir. Proudhon a dit que la propriété c'est le vol. Je ne crois pas que Vallès en ait jamais pensé un mot et qu'il ait été partageux, il avait trop d'esprit pour cela, il avait eu trop de mal à gagner le peu qu'il possédait. Qu'entendait-il donc par socialisme? Il avait promis de nous le dire un jour, mais il est mort sans avoir tenu sa promesse. Evidemment il avait un idéal social; on ne se bat pas pour un mot ni pour le plaisir de se battre.

Un jour, c'était le 28 février 1848, Jules Vallès passant sur la place Royale à Nantes, entendit crier : Vive la République!

Des gardes nationaux arrachaient les plaques des murs, et Victor Mangin, du *National de l'Ouest*, qui les commandait, leur disait: « Oui, mes amis, nous avons la République, et j'espère bien que cette fois elle sera SOCIALE. »

Ce mot-là frappa beaucoup Vallès. Que pouvait-il bien signifier? Il ne le comprenait pas, c'était la première fois qu'il l'entendait prononcer, et il avait seize ans.

Il rentra au Lycée, et je me figure qu'il s'empressa de consulter son dictionnaire. Le dictionnaire ne lui disant rien qui vaille, il aura peut-être été au cabinet de lecture feuilleter la *Destinée sociale* de Victor Considérant, les œuvres de Fourier, de Pierre Leroux, de Louis Blanc ou d'Enfantin. Admettez que par là-dessus il ait lu les *Paroles d'un Croyant*, vous voyez d'ici quelle Babel. Le phalanstère et les ateliers nationaux, le travail et le capital, et, pour finir, la Chanson de la Misère! Comment se reconnaître au milieu de toutes ces théories, de cette philanthropie dans l'espace, de ces systèmes économiques si différents. Il aura renvoyé l'étude à plus tard et aura gardé le mot. Ce qui me le fait croire c'est que vingt ans après, à Sainte Pélagie où l'avait envoyé son chapitre inédit de l'histoire du 2 décembre, il avouait volontiers que, lorsqu'il se plongeait dans ces études spéculatives, la question littéraire venait l'empoigner au collet et l'arracher à la question sociale. Il avait beau avoir lu la *Vraie République* publiée en 1848 par Théophile Thoré et la *Voix du Peuple* de Proudhon [1], quand on abordait devant lui ce difficile problème, il s'en tirait par une boutade ou bien s'écriait le plus sérieusement du monde : « Un de ces jours j'écrirai moi aussi, ma préface de Cromwel et vous verrez cela. » La préface est encore à venir. Mais que nous eût-elle appris ? il l'a dit lui-même dans le *Bachelier* : « Est-ce que je sais au juste pourquoi je voudrais la bataille, et ce que donnera la victoire. Pas trop. Mais je sais bien que ma place est du côté où l'on criera : *Vive la République démocratique et sociale* ! » [2]

1. Cela n'empêche pas que Proudhon a exercé une grande influence sur Jules Vallès. L'auteur des *Réfractaires* ne s'en cachait pas d'ailleurs. Il l'a dit bien haut dans le chapitre de la *Rue* qu'il lui a consacré et, comme pour mieux marquer l'espèce de culte qu'il avait voué à Proudhon, il avait placé sa photographie sur le cartonnier de son cabinet de travail.

2. Le mot *social* a été porté pour la première fois à la tribune par Lamartine, dit Louis Ulbach, dans *Nos Contemporains* (p. 67), et, comme

C'est cela même. Il a souffert, il a été humilié, il voulait faire un paysan, un ouvrier, ses parents en ont fait un bachelier, un meurt-de-faim; il est arrivé à Paris au moment du coup d'Etat, il a pris le parti de la loi contre le crime, du faible contre le fort; il s'est insurgé contre le dictateur avec ses camarades d'école. Voilà le commencement de l'action. Plus tard il la continuera dans les *Réfractaires*, dans la *Situation*, dans la *Rue*, par goût, par passion, par tempérament, en attendant que l'heure sonne où il pourra charger son fusil. En 1869 il se présente à la députation, concurremment avec Jules Simon, et obtient 500 voix comme CANDIDAT DE LA MISÈRE! La guerre éclate, l'empire tombe, Paris est assiégé, l'écrivain saisit une arme. Voici les sombres journées! Il est du 31 octobre, il sera du 22 janvier. Après la capitulation, il reprendra la plume dans le *Cri du Peuple*; il fera appel à la résistance; il inventera le *Parlement en blouses* de la place de la Corderie; il donnera enfin le branle à l'émeute. Le 22 février 1871, quand l'Assemblée nationale aura prononcé le *Consommatum est*, il criera à la France, à Paris surtout : « La guerre sociale arrive, entendez-vous bien! elle arrive à pas de géant, apportant non la mort,

Arago demandait ce qu'était au juste le parti social, Lamartine répondait en 1839 : « C'est plus qu'un parti, c'est une idée. » Il avait déjà dit, en 1831, dans sa fameuse lettre sur la *Politique rationnelle*, adressée au directeur de la *Revue Européenne*, que l'avenir était à une transformation sociale.

mais le salut. Malheur aux traîtres ! Debout entre l'arme et l'outil, prêt au travail ou à la lutte, le peuple attend ». Vient le 18 mars. Trois jours après, il adresse une proclamation superbe à la ville de Paris, l'adjurant de se déclarer VILLE LIBRE. Le lendemain des élections de la Commune, c'est lui qui est chargé de rédiger la déclaration du gouvernement de l'Hôtel-de-Ville. Un mot à ce sujet, en passant. On a dit que ce manifeste manquait de netteté, d'unité politique, qu'il réflétait les idées contraires qui séparaient entre eux les principaux membres de la Commune, En voici l'explication. Vallès était fédéraliste et Delescluse était unitaire. On voulut concilier ces deux opinions, et naturellement le manifeste s'en ressentit.

Je passe rapidement sur les faits douloureux de cette époque. Vallès a soutenu un jour devant moi cette thèse qu'en révolution il n'y a point de criminalité, mais seulement des fatalités. J'aurais été de son avis s'il m'avait accordé que les fatalités se préparent. Admettons, par exemple, que tous les gouvernements déchus soient tombés sous le poids de leurs fautes. En sont-ils moins criminels pour cela? ne sont-ils pas, au contraire, responsables devant l'opinion et devant l'histoire des fautes qui ont préparé leur chute ? Ce serait vraiment par trop commode, si l'on pouvait impunément violer la loi, mettre la main sur les individus et sur leurs propriétés, déchaîner la guerre civile — et se laver les mains ensuite.

Vallès a une part de responsabilité dans la Commune de 1871. Laquelle? l'histoire le dira, car elle n'est pas encore écrite. On n'a pas encore entendu tous les témoins, démêlé toutes les causes de cette formidable insurrection.

Quand Mme Edmond Adam consentit à publier l'*Insurgé* de Jules Vallès, elle lui écrivit: « La cause des vaincus est de celles qui se plaident en appel ! » Malheureusement la plaidoirie ne fut pas à la hauteur de la cause et la déception fût générale quand on lut cette longue diatribe écrite dans une langue où l'argot le disputait au coq-à-l'âne. A part quelques portraits de premier ordre, comme celui de Vermorel, par exemple, l'*Insurgé* est au-dessous de tout, et Vallès le sentit si bien qu'il le remit sur le métier au sortir de la *Nouvelle Revue*. Puisse-t-il avoir eu le temps de le revoir et de le terminer avant de mourir !

VII

Je reprends mon récit.

Pendant la Commune, Jules Vallès vivait de la vie simple et régulière qu'il menait à la fin de son existence. Quand il avait terminé sa journée au *Cri du Peuple* — ou à l'Hôtel-de-Ville — il rentrait chez lui comme un bon bourgeois, ne demandant pour se reposer que des fleurs [1] et de la soupe chaude. Encore

1. Jules Vallès adorait les fleurs — souvenez-vous des *Violettes de la Rue*; — et « la Providence en robe fraîche ». — c'est ainsi qu'il appelait dans l'intimité Mme Rehn,(aujourd'hui Mme Guebhard), son amie des derniers jours — lui mettait des bouquets dans toutes ses poches. Je n'oublierai jamais de quel fou rire il partit, quand, se déshabillant à l'hôtel du Griffon, le matin de notre arrivée à Nantes, il vit une douzaine de bouquets de violettes qui se balançaient à la ceinture de son pantalon. — « Mon ami, ne le dites à personne, j'embaume le bonapartisme ».

un souvenir de la vie des champs! Car il n'a jamais été le buveur de sang qu'on suppose. Il a toujours eu le plus grand respect de la vie humaine, et il est incapable de faire tomber un cheveu de la tête d'un homme, fût-il son plus grand ennemi.— Mais, comme il me le disait un jour, en temps de révolution, les fonctionnaires publics, les mandataires du peuple ont des responsabilités terribles. Il faut souvent sacrifier la vie d'un individu pour en sauver des milliers d'autres. Un exemple : On lui amène un jour un espion de l'armée de Versailles. C'était pendant la bataille. Les Fédérés, que le massacre des leurs a rendus furieux, veulent le passer par les armes. Vallès les apaise; il interroge l'espion devant eux, et ce n'est qu'après avoir acquis la preuve certaine de son crime, qu'il se résigne à le faire exécuter.

Autre exemple : Le jour de l'entrée des Versaillais dans Paris, c'est lui qui présidait la séance de la Commune, la dernière et peut-être la plus grave. On jugeait Cluseret, l'ex-délégué à la guerre. Jules Miot remplissait les fonctions d'accusateur public.

Tout à coup une estafette apporte à Vallès la nouvelle de la prise de Paris. Un autre eût perdu la tête à sa place et se fût empressé de lever la séance, après avoir prononcé la condamnation ou l'élargissement de Cluseret. Vallès qui tenait l'accusé pour innocent. garda l'impassibilité d'un juge et se contenta de prononcer ces paroles de sa voix sévère et profonde : « Continuons à rendre la justice! »

Après la défaite, il passa pour mort. On raconta même qu'il avait été fusillé sur le Pont-Neuf et qu'il était mort lâchement. Ceux qui le connaissaient n'ajoutèrent aucune foi à ces bruits. Jules Vallès, disaient-ils, n'avait pas peur de la mort, il ne redoutait que les horreurs de l'agonie; s'il avait été pris, nul doute qu'il ne fût tombé courageusement, sans bravade, comme sans faiblesse. Ils avaient raison. On avait fusillé à sa place un malheureux qui n'avait commis d'autre crime que d'avoir avec l'auteur des *Réfractaires* une lointaine et vague ressemblance [1]. La bataille finie, il s'était retiré chez le sculpteur R..., rue Campagne-Première, nº 21, à deux pas d'une maison qui servait de poste provisoire aux sergents de ville. Il était trop bien gardé pour être pris. Ce n'est que douze jours après qu'un article de M. Edmond About assura qu'il était encore vivant.

Une anecdote inédite à ce sujet : Vallès vient d'entrer dans l'atelier de M. R... Son premier soin a été de se nettoyer de la tête aux pieds et de dépouiller ses vêtements souillés de sang et de poussière. A peine a-t-il achevé sa toilette qu'on frappe à la porte. C'est une femme, un modèle qui vient faire ses offres.

1. Ce prétendu Vallès s'appelait Martin, était âgé de [illegible]6 ans, et avait quelque fortune. Arrêté en sortant de la pension Laveur où Courbet et Vallès prenaient habituellement leurs repas, il fut passé par les armes rue des Prêtres-Saint-Germain-l'Auxerrois.

(Lire à ce sujet la *Semaine de mai*, par Camille Pelletan).

« J'ai faim, a-t-elle dit d'un air suppliant. » Mais R.... l'a congédiée avant de l'avoir entendue.

Tout à coup, un bruit de crosses de fusil retentit sous la fenêtre. On regarde. C'est la perquisition. « Je suis f..., dit Vallès. » — « Ne craignez rien », reprit R..... Et d'un geste rapide, il fit signe au modèle d'entrer dans l'atelier. — « Déshabille-toi à la hâte... allons, plus vite que ça... Bas la chemise! et prends-moi une pose académique ! » Le modèle s'est exécuté. On frappe : « Entrez, messieurs, leur dit le sculpteur de l'air le plus préoccupé du monde... Qu'y a-t-il pour votre service ? » Les soldats entrent ou plutôt se ruent. Vallès est assis dans un coin, muet comme un sphinx, l'œil démesurément ouvert, attendant qu'on lui mette la main au collet, car il est de ceux qu'on cherche et qu'il est facile de reconnaître même sous ses lunettes bleues.

Mais la femme, heureusement pour lui, a attiré tous les regards.

— Quel beau morceau de viande! dit l'officier qui dirigeait la perquisition.

Et après lui avoir familièrement tapé sur les cuisses, il s'éloigna, les yeux chargés de lubriques désirs.

Vallès était sauvé.

Au mois de septembre suivant, il quittait Paris avec un faux passe-port, et gagnait la Belgique à travers bois. Il arrive dans un village, entre dans une auberge et demande à manger. Pendant qu'on le sert, il jette les yeux sur un journal, et que voit-il en première page? — une liste des chefs de la Commune que la Belgique devait livrer à la France. Et son nom y figurait! La Belgique était devenue une souricière.

Il déjeune au galop, prend son sac de voyage et s'achemine, en évitant les villes, vers le premier port belge, où il s'embarque pour l'Angleterre. Le voilà à Londres! Comme il se sentit soulagé, en mettant le pied sur le sol anglais! En 1865, après trois semaines de séjour à Londres, il écrivait : « Je m'aperçois que pour pouvoir parler de l'Angleterre, il faudrait y passer dix ans! »

C'est à peu près le temps qu'il y passa, mais dans quelles conditions! N'ayant emporté avec lui que deux ou trois mille francs et ne recevant que peu d'argent de France, bien qu'il eût hérité d'une somme assez considérable pendant la Commune [1], il vivait seul, rentré en lui-même, perdu dans la foule, écoutant les rumeurs de la cité, visitant un jour une forge, descendant un autre jour dans une mine, et toujours et partout, dans le feu comme dans la fumée, ramassant des matériaux, des « documents humains » pour

1. Un nommé Caillebotte, propriétaire, boulevard Beaumarchais, et admirateur enthousiaste de Vallès, lui avait laissé par testament une quarantaine de mille francs.

sa *Rue à Londres*, la seule copie qu'il ait pu placer en France avec son *Jacques Vingtras*.

Il s'était fait tout de suite aux habitudes de la vie anglaise ; ce qui lui plaisait surtout dans la grande cité, c'était de se sentir libre et d'avoir toutes ses aises, comme en pleine campagne. Il n'y avait guère que les dimanches et les jours de fêtes que le spleen le prenait, et qu'il regardait du côté de la France. Le dimanche à Londres est si triste ! Vous connaissez le beau tableau de M. de Nittis ? c'est exactement cela : une rue déserte qui fuit à perte de vue, un ciel noir, chargé des fumées de la semaine, et, comme pour indiquer que Londres existe encore, un policeman debout à l'angle de la rue.

Jules Vallès ne voyait personne à Londres. Il habitait à Tavistock-Square une petite maison dont le jardin était planté d'arbres en zinc, et tenait les proscrits à distance. Pour dépister la police ou les compagnons de misère, il avait changé de nom et se faisait appeler Pascal, du nom de sa mère. Révolutionnaire de naissance, Vallès est un fauve qui n'aime que la grande foule ou son cabinet de travail, la solitude sous ses deux aspects, dans le silence et dans le bruit. Vous ne le verrez que par hasard dans les cafés où les bohêmes pérorent, où les reporters viennent glaner les faits-divers et les échos. A Londres, il passait la plupart de ses soirées chez un petit épicier français.

On se souvient peut-être de la fameuse lettre qu'il écrivit à M. Grévy, quand il fut nommé président de la République ; je veux dire ici où et comment lui vint l'idée de cette lettre. Il était allé chez un horloger faire arranger sa montre. Là il apprend que M. Grévy a remplacé le maréchal de Mac-Mahon à la présidence. Quelle belle occasion de réclamer l'amnistie ! il demande une plume, rédige sa lettre pendant que l'horloger remettait sa montre à l'heure, et la jette à la poste, en sortant.

Le lendemain, les journaux du monde entier la reproduisaient et la commentaient. C'est ainsi qu'il a toujours lancé ses pétards — à l'improviste, à l'impromptu.

VIII

Je voudrais terminer cette étude par quelques mots sur l'écrivain, sur son esthétique, sur la place qu'il s'est faite dans la littérature contemporaine.

Le style, c'est la peau de la pensée, me disait-il un jour ; il voulait dire sans doute que l'homme et l'écrivain ne faisaient qu'un chez lui. Il semble, en effet, qu'il ait pris son cœur pour écritoire, tant il dépense de vie dans ses livres. C'est vraiment chez Vallès que le verbe s'est fait chair. On gratterait les mots de son vocabulaire qu'il en sortirait parfois du sang. Je ne connais personne qui ait poussé aussi loin que lui l'art d'exprimer par le verbe les joies et les douleurs humaines. Et cet art est un don de nature, car Vallès n'entend rien aux choses de l'art. La musique, la peinture, la statuaire sont autant d'hiéroglyphes pour lui.

C'est pour cela sans doute que dans son article de la *Rue* intitulé « Rome » il invitait les Garibaldiens, à jeter dans le Tibre, les statues, les tableaux, les livres « sous prétexte que le passé asservit le présent et que quatre ou cinq hommes de génie comme Phidias, Michel-Ange, Raphaël tiennent tout un monde esclave. »

Tout enfant, il tournait le dos aux monuments, aux antiquités, aux ruines. Il préférait un coin de rue à la porte romaine de Pannesac. Ses goûts n'ont pas changé depuis. Quand on lui montre une vieille église, un beau morceau d'architecture de l'ancien temps : « C'est bon pour le bourgeois ! » M. Prud'homme disait que « cela l'empêchait de voir. »

Il y a dans la cathédrale de Nantes deux superbes tombeaux : le tombeau dit des Carmes, chef-d'œuvre du sculpteur breton de la Renaissance, Michel Colomb, et le tombeau de Lamoricière, chef-d'œuvre de Paul Dubois.

— Si nous entrions, dis-je à Vallès, en passant devant la cathédrale, je suis sûr que l'œuvre de Dubois vous intéresserait!...

— Moi! que diable voulez-vous que ça me fasse?

Lamoricière, Dubois, ces choses-là me laissent indifférent, parlez-moi de la *sociale*.

Pour Vallès la vie n'existait que dans la foule, dans la rue. là où les hommes font du bruit; aussi, en rentrant d'exil, était-il allé se loger rue Taylor, derrière l'Ambigu. Il n'admettait pas qu'on pût écrire un roman de mœurs parisiennes, à la campagne ou dans la banlieue de Paris, et il prétendait — c'est aussi mon avis — que toute œuvre littéraire se ressent du milieu où elle a été écrite. On ne pense pas au bord de la mer comme à la ville, dans la montagne comme au bord du fleuve. Les méridionaux mettent du soleil dans leurs livres, voyez Daudet; les gens du Nord sont naturellement des pisse-froid, comme dit Vallès.

Chose rare à notre époque où chacun vise à l'originalité en tourmentant son style, Jules Vallès avait trouvé sa forme — et une forme achevée — dès ses débuts. J'ai cité une page de l'*Argent*; qu'on la compare au *Bachelier*, la différence est imperceptible. C'est toujours la même manière : peu ou point d'adjectifs, mais des verbes et des substantifs qui font image aussi bien au propre qu'au figuré. La phrase seule est devenue plus courte, et le trait plus net et plus ferme. Et quelle langue pittoresque! M. Castagnary criait un jour à Vallès en pleine brasserie des Martyrs : « Si je te prenais cent mots de ton dictionnaire, tu ne serais plus capable d'écrire une page. M. Jean Richepin, enchérissant sur le critique d'art, a découvert depuis que la rhétorique de Vallès se composait de cinquante mots. Je souhaite à l'auteur de la *Chanson des Gueux* d'être aussi riche un jour, je ne dis pas en argot — cela ne compte pas en littérature — mais en beaux et bons mots français.

L'auteur de *Vingtras* est à mon avis l'un des premiers écrivains de notre temps. Il a deux cordes qui manquent à beaucoup; il sait émouvoir et faire rire. Tout le génie de la langue française est là. Il a écrit dans le *Bachelier* : « Je n'ai rien dans la tête, rien que MES IDÉES! Voilà tout! Et je suis un fainéant qui n'aime pas à aller chercher les idées des autres. Je n'ai pas le courage de feuilleter les livres. Je devrais mettre de la salive à mon pouce, et tourner, tourner les pages pour lire quelque chose qui m'inspire. Je ne trouve pas de salive sur ma langue, et mon pouce me fait mal tout de suite. » Quelle façon originale de vous dire qu'il n'imite personne et qu'il ne doit rien à personne!.. Il y a des critiques qui ont rattaché Vallès à l'école romantique. Ceux-là se sont laissé prendre aux fusées de sa rhétorique, au côté paradoxal de son style. Ils ignorent ou ils oublient qu'il fut un des premiers à attaquer de front le romantisme, comme en témoignent les lignes suivantes que j'extrais de l'*Argent* : « Pour la poésie, quoique je l'aime, je crois que le pauvre ange a du plomb dans les ailes ; la poésie en vers, entendons-nous. Ne peut-on pas être poète sans l'hémistiche et sans la césure? La strophe, le décamètre, la stance, l'alexandrin, des bêtises! Nos coquins d'enfants feront des cocottes avec nos prosodies, je vous le promets! Elle est morte sous le ridicule : M. Hugo a tenu les cordons du poêle. Le romantisme a sonné le glas de la poésie, comme l'Eclectisme avait sonné celui de la philosophie. Au moins M. Cousin est-il resté dans le salon des dames, tandis que l'autre fait un tapage d'enfer, crie comme un damné pour rappeler le Dante — divine comédie! »

Ce passage prouve que Vallès a devancé Zola, de plus de vingt ans, dans l'attaque du romantisme. Il l'avait devancé aussi dans le genre littéraire où il a acquis sa grande réputation. J'ai déjà dit que le naturalisme militant avait fait ses premiers pas dans *La Rue*. Jules Vallès avait prévu le mouvement dont Zola s'est constitué le grand prêtre, lorsqu'il écrivait en 1857 : « Dans cette guerre des intérêts, dans ce bruit de millions qui sautent, de locomotives qui soufflent, de villes qui naissent comme dans les livres écrits avec la plume ou l'épée, je vois une poésie émouvante, sérieuse et profonde, que l'appellerai, Dieu me damne, la *Poésie sacrée* du XIXe siècle. Tout cela peut paraître paradoxal, et l'on m'accusera, qui sait? d'avoir visé à l'effet en plaidant la cause. Mon Dieu, non !... les vieux moules dans lesquels on coulait les erreurs dangereuses et les banalités ridicules, versificateurs, métaphysiciens, tribuns, gens à périodes, tout cela me paraît fini, mort, à moitié enterré. Il semble que la Providence s'en mêle. Voyez comme ils s'en vont! Chateaubriand, David, Rude, Lamennais! j'ai suivi, hier, Musset au cimetière. Les proscrits meurent dans l'exil. C'est bien une société nouvelle, avec d'autres émotions, d'autres sentiments, d'autres armes, qui a ouvert la seconde moitié du XIXe siècle; ce qui était beau, hier, sera ridicule demain. Il faut marcher avec son temps, vivre en prose, puisqu'ainsi va le monde, et déchirer nos drapeaux! »

Mais que sert d'ergoter sur les origines du naturalisme? La chose n'est-elle pas plus vieille que le mot, et les herbes dites naturalistes ne foisonnent-elles pas dans le champ de la littérature française? Le mérite de Zola n'est pas d'avoir trouvé une nouvelle formule — naturalisme est à mes yeux aussi barbare que romantisme — mais d'avoir su faire du pain avec des herbes qu'on jetait jusqu'ici au fumier.

L'*Assommoir* a été le boulet qui a enfoncé dans le roman contemporain « l'idée sociale », que l'auteur de *Vingtras* avait prise pour drapeau, il y a vingt-cinq ans, et qu'il a défendue depuis, l'épée à la main.

Alphonse Daudet disait un jour : « Je voudrais bien savoir ce que Vallès nous donnera, quand il aura vidé ses boyaux! » — Lisez : quand il aura fini ses

Mémoires. Hélas! la politique devait le reprendre avant qu'il eût mis sur le chantier les deux ouvrages qui lui trottaient depuis longtemps par la tête. J'ai nommé la *Grosse Joséphine* et la *Charrue* : la vie industrielle et la vie rurale! Je ne veux point juger ici son œuvre au *Cri du Peuple*, mais j'ai le droit de dire qu'elle fut un désastre pour l'écrivain — le seul après tout qui nous intéresse.

Maintenant était-il de taille à mener à bien la besogne littéraire qu'il avait entreprise, et n'est-ce pas autant pour masquer son impuissance que pour l'amour du bruit qu'il se jeta de nouveau dans la lutte? Question bien délicate à résoudre! Pourtant, je ne crois pas que Jules Vallès eût jamais fait un romancier. Il était trop personnel pour cela. Cet homme terrible qui tombait si facilement en puissance de femme était incapable de faire parler la femme, dans ses livres. Or, la femme est tout dans le roman. C'est autour d'elle que tourne toute l'action, de même qu'elle est le grand pivot de la vie.

Alphonse Daudet n'avait donc pas tout à fait tort de douter de la faculté créatrice de Vallès. N'importe. Il restera de lui trois ou quatre volumes qui dureront aussi longtemps que la langue française.

Que ceux qui peuvent en dire autant lèvent la main!

FIN

BIBLIOGRAPHIE

L'ARGENT. — Un vol. in-18, chez Ledoyen, 1857.

LES RÉFRACTAIRES.— Un vol. in-18, chez Achille Faure, 1866.

LA RUE. —Un vol, in-18, chez Achille Faure, 1866.

LES ENFANTS DU PEUPLE, préface par Julien Lemer, 1 vol. in-18. Administration du journal la *Lanterne*, 1879.

JACQUES VINGTRAS : l'*Enfant*, un vol. in-18, chez Charpentier, 1880.

La première édition de l'*Enfant* était signée JEAN LA RUE.

JACQUES VINGTRAS : Le *Bachelier*, un vol. in-18, chez Charpentier, 1881.

LA RUE A LONDRES. — Un vol. in-folio illustré par Lançon, chez Charpentier, 1883.

L'ENFANT. — Un vol. grand in-8, Hollande, illustré d'eaux-fortes, chez Quantin, 18:4.

Laval, imp. et stér. E. JAMIN, rue de la Paix, 41.

www.ingramcontent.com/pod-product-compliance
Ingram Content Group UK Ltd.
Pitfield, Milton Keynes, MK11 3LW, UK
UKHW020330220726
13923UKWH00003B/1473